KB085990

젊은 남자

젊은 남자
LE JEUNE HOMME

아니 에르노
Annie Ernaux

레모

차례

Il économisera 2.800 F

[...]

collective.

désir de mener une vie ascétique

assisté

refuser le travail. (aussi, aussi, qu'il était jeune...)

et moi blessée par le fait que, [...] a pu penser, c'était sa disponibilité

Prague. « Brûl « Atmosphère. Et la pièce sombre, le café servir le

étemel étudiant

[...] de

Il refusait toute contrainte (souffrait)

[...] de la ressemblance

Il redevint [...] sa liberté

Son refus d'une activité rétribuée (salarié)

[...] en situation de dépendance vis à vis de qqn

Il désirait toute valeur et travail

Le travail non lui [...]

[...] se soumettre [...]

était timide [...]

Le travail [...]

je devais [...]

[...] que [...]

젊은 남자

아니 에르노

내가 쓰지 않으면

사건들은 그 끝을 보지 못한다.

그저 일어난 일일 뿐.

5년 전, 한 대학생과 어설픈 밤을 보냈다. 그는 1년 전부터 내게 편지를 보내왔고 나를 만나고 싶어 했다.

글을 쓰도록 나 자신을 몰아붙이기 위해 나는 종종 섹스를 했다. 섹스 후의 고독과 피로를 느끼며, 삶에서 더는 기대할 것 없는 이유들을 찾고 싶었다. 그것이 무엇이든 가장 맹렬한 기다림이 끝나고,

오르가슴을 느끼고, 한 권의 책을 쓰는 것보다 더 강렬한 쾌락은 없다는 확신을 갖고 싶었다. (책이 불러일으킬 파장 때문에 주저했던) 그 책을 쓰기 시작하고 싶은 욕망이 어쩌면 한잔하자며 A를 내 집으로 데려오도록 이끌었던 것 같다. 레스토랑에서 식사하는 동안 그는 대부분 말없이 수줍게 있었다. 그는 나보다 서른 살 가까이 어렸다.

우리는 주말마다 만났고, 주중에는 점점 더 서로를 그리워했다. 그는 매일 공중전화 부스에서 전화를 걸었는데, 함께 사는 여자친구의 의심을 사지 않기 위해서였다. 이른 동거에 익숙해진 데다 시험 걱정에 사로잡혀 있던 그들은 섹스가 어떤 욕망의 다소 지연된 충족과는 다른 무엇이 될 수 있다고는 결코 상상하지 못했다. 일종의 계속되는 창작이 될 수 있음을. 이러한 새로움을 앞에 두고 그가 내게 드러냈던 열정은 나를 점점 더 그에게 묶어놓았다.
차츰 이 모험은 그 의미를 제대로 알지 못한 채, 우
리가 끝까지 가보고 싶은 이야기가 되었다.

그가 여자친구와 헤어지고 그녀가 집을 떠났을 때,
나는 만족하고 안도하며, 습관처럼 금요일 저녁부
터 월요일 아침까지 그의 집에 가 있었다. 그는 루
앙에 살았다. 내가 대학생이었던 1960년대에 살던
곳이자, 몇 해 동안 부모님의 무덤이 있는 Y에 갈
때만 지나치던 도시. 내가 도착하자마자, 사 들고
간 먹을거리를 부엌에 그대로 내팽개쳐둔 채, 우
리는 섹스를 했다. 우리가 방에 들어가면 오디오에
들어 있던 CD가 플레이되었는데, 대개는 도어스
의 음악이었다. 어떤 순간에는 음악 소리가 들리지
않았다.

〈그녀는 러브 스트리트에 살아요〉의 힘 있는 화음과 짐 모리슨의 목소리가 내게 또다시 전해졌다. 우리는 아무것도 없는 바닥에 깔아둔 매트리스에 그대로 누워 있었다. 차들이 많이 다니는 시간이었다. 전조등들이 얇은 커튼 한 장 없는 커다란 창문들을 지나 방 안 벽까지 어렴풋한 빛을 비추었다. 나는 침대에서 한 번도 일어나지 않았던 것 같다. 사실, 열여덟 살부터 각기 다른 장소에서 구분할 수 없는 각기 다른 남자와 침대에 있을 때도 그랬다.

그의 집은 오텔디외 병원 쪽을 향해 있었다. 병원은 1년 전에 폐쇄되었고, 병원 건물을 경찰청으로 개조하는 공사가 진행 중이었다. 저녁이면 건물의 창마다 불이 켜졌고, 종종 밤새 불을 켜두기도 했다. 그 앞의 커다랗고 네모난 뜰에는 닫힌 철창 뒤로 옅고 아무 장식 없는 그림자가 늘어져 있었다.

나는 어두운 지붕들과 안쪽에 튀어나온 성당의 둥
근 돔을 보곤 했다. 경비 말고는 아무도 없었다. 그
장소, 바로 그 병원이 내가 학생 시절, 불법 임신중
절 후에 출혈을 일으킨 1월의 어느 밤에 이송된 곳
이다. 엿새 동안 머물렀던 병실이 어느 쪽에 있었
는지 나는 알 수 없었다. 믿을 수 없을 정도로 놀라
운 이 우연 속에는 미스터리한 만남과 살아야만 했
던 이야기의 기미가 느껴졌다.

이슬비가 내리는 일요일 오후면 우리는 이불 속에
서 나오지 않고 있다가 결국 함께 잠들거나 졸았
다. 조용한 거리에서 가끔 지나가는 사람들의 목소
리가 들렸는데, 대체로 근처에 있는 빈민보호소의
외국인들이었다. 나는 다시 Y에 있는 듯한 기분이
들었다. 상점 문을 닫고 식사를 마친 일요일, 피곤
에 절어 옷을 그대로 입은 채 침대에서 잠든 엄마

의 옆에서 책을 읽던 아이. 나는 이제 정해진 나이 없이, 반쯤 깬 상태로 이 시절에서 저 시절로 떠다녔다.

그의 집에서 나는 학생 시절, 신혼 초 남편과 살며 겪었던 불편함과 초라한 가구들을 떠올렸다. 전기 레인지는 온도조절기가 고장 나 비프스테이크가 프라이팬에 곧바로 달라붙어버렸고, 파스타나 쌀을 삶으려 하면 물이 어찌해볼 수 없게 끓어 넘쳤다. 낡고 온도 조절이 안 되는 냉장고는 채소칸에 넣어둔 샐러드를 얼려버렸다. 천장은 높고, 창문은 꼭 닫히지 않고, 전기료가 많이 드는 전기난방기로는 따뜻하게 할 수 없는 이 집 안의 습기 찬 추위를 견디려면 스웨터를 세 겹 입어야 했다.

그는 젊은이들이 드나드는 '뷔로'나 '빅벤' 같은 카

페에 나를 데려갔다. '점보'에서 밥을 사기도 했
다. 그가 즐겨 듣는 라디오 채널은 '유럽2'였다.
그는 매일 저녁 '다른 곳 어디에서든(Nulle part
ailleurs)'*을 시청했다. 거리에서 그와 인사를 나누
는 이들은 늘 젊은이들, 대개 학생들이었다. 그가
그들에게 말을 걸기 위해 멈춰 설 때면, 나는 떨어
져 있었고 그들은 힐끔힐끔 나를 바라봤다. 그러고
나면 그는 우리와 마주쳤던 이의 학력에 대해, 그
의 성공이나 실패를 상세하게 이야기했다. 때때로,
멀리서 조심스럽게 내게 돌아보지 말라고 하면서,
문과대학 교수라고 신호를 보내기도 했다. 그는 나
를 내 세대에서 빼내주었지만, 나는 그와 같은 세
대에 속할 수는 없었다.

---

* 1987년부터 2001년까지 유료 채널 '카날플뤼스'에서 저녁 시
간에 방영된 토크쇼. 가수, 작가, 배우, 지식인 등의 인사를 초대
해 인터뷰를 하는 형식으로 진행되었다.

그의 극단적인 질투심은—그는 변기 커버가 올라가 있다면서 집에 남자를 들인 것이 아니냐고 나를 비난했다—나에 대한 그의 열정을 의심하는 것은 쓸데없고, 그의 친구들이 그에게 '어떻게 폐경한 여자랑 잘 수가 있냐?'라고 아무 생각없이 물었으리라 짐작했던 그런 비난을 터무니없는 것으로 만들었다.

　쉰네 살인 내게, 그는 내가 단 한 번도 연인에게 받아본 적 없는 정열을 바쳤다.

가난한 대학생의 삶을 영위하는, 불안정하고 궁핍한—빚쟁이인 그의 부모는 적은 임금을 받는 단기계약직으로 일하며 파리 외곽 근처에 살았다 ― 그는 낱개 포장된 '래핑카우' 치즈나 5프랑짜리 카망베르 치즈처럼 가장 싸거나 세일 중인 상품만 구매했다. 바게트 빵을 사겠다고 근처 빵집보다 50상팀 저렴한 모노프리 상점까지 가기도 했다. 그는 계속 자기 집안은 대대로 돈이 없고, 앞으로도 그럴 것이라는 사실을 드러내는 행동과 반응을 무의식적으로 보였다. 그가 일상에서 돈 문제를 헤쳐나가는 능수능란한 방식. 대형 마트에서 시식용으로 건네는 치즈 조각을 죄다 쓸어 온다든지. 파리에서 돈을 내지 않고 화장실을 쓰기 위해, 망설임 없이 카페로 들어가 화장실을 찾고, 볼일을 본 다음 거침없이 나온다든지. 혹은 (시계가 없어서) 주차권 발매기의 시계를 본다든지, 등등. 그는 매주 스포츠 복권을 샀다. 절실한 순간에는 어떤 우연을 기대하는 것이 당연하다는 듯. "언젠가는 당첨될 거예요. 그렇게 될 겁니다." 일요일 늦은 아침이면 티에리 롤랑이 진행하는 '텔레풋'을 시청했다. 축구 선수가 골을 넣고 파르크데프랭스 경기장의 관중이 모두 자리에서 일어나 환호하는 바로 그 순간이 그에게는 절대적인 행복의 이미지였다. 이런 생각에 그는 전율에 사로잡히기까지 했다.

내가 식탁에서 음식을 덜어주면 그는 '고마워요'라는 말 대신 '스톱' 혹은 '됐어요'라고 말했다. 그는 나를 뫼프(meuf)*나 뢰므(reum)**라고 불렀다. 그가 대마초를 피웠다는 것을 알고 내가 소리를 지르자 그는 즐거워했다. 단 한 번도 투표에 참여하지 않았고, 선거인명부 등록조차 하지 않았다. 그는 무엇으로든 우리가 사회를 바꿀 수 있을 거라고는 생각하지 않았다. 사회의 톱니바퀴 속으로 미끄러

---

* 여성을 의미하는 'femme'의 속어
** 엄마를 의미하는 'mère'의 속어

져 들어가 사회가 부여한 권리를 누리면서 노동을 회피하면 그만이었다. '누구에게나 자신만의 골칫거리가 있다'고 확신하는 요즘 젊은이였다. 그에게 노동이란 만약 다른 방식의 삶이 가능했다면 순응하고 싶지 않았을 제약을 의미했을 뿐이다. 대학생의 삶이 더 풍요롭고 즐겁게 여겨졌다는 사실을 받아들인다 해도, 나에게 직업을 갖는 것은 나 자신의 자유를 얻기 위한 조건이었고, 이는 내 책들의 성공이 불확실한 상황에서도 여전히 유효했다.

30년 전이었다면 나는 그에게 등을 돌렸을 것이다. 그 시절 나는 남자에게서 서민 계층 출신인 나의 징표들을 발견하고 싶지 않았다. 내가 '촌스럽다'라고 생각했던 것, 나 스스로도 알고 있었던 내게 남은 그 모든 흔적을. 그가 빵조각으로 입술을 닦거나, 포도주를 더 따르지 말라는 의미로 손가락을 잔에 대는 것이 나는 아무렇지 않았다. 내가 이 징표들을 알아챈 것은 ― 어쩌면 훨씬 더 정확히 말해서 내가 그 징표들에 무관심했던 것은 ― 내가 더 이상 그와 같은 세계에 있지 않다는 증거였다. 예전에 남편과 있으면서 나는 서민의 딸이라 생각했는데, 그와 있으면서 나는 부르주아가 되었다.

그는 내 첫 번째 세계의 기억 전달자였다. 설탕을 더 빨리 녹이겠다며 커피 잔에 든 설탕을 젓고, 스파게티 면을 자르고, 사과를 잘게 잘라 칼끝으로 찍어 먹는 것은 내가 그에게서 당혹감에 휩싸인 채 다시 발견한, 잊고 있던 행동들이었다. 나는 다시 열 살, 열다섯 살이 되었고, 또다시 내 가족과 사촌

들과 한 식탁에 있었다. 그 안에서 그는 하얀 피부
에 노르망디 사람답게 볼이 빨갰다. 그는 뒤섞인
과거였다.

그와 함께 나는 삶의 모든 나이를, 내 삶을 두루 돌
아다녔다.

나는 내가 학생 시절 드나들던 장소에 그를 데려갔
다. 역 근처에 있는 '르메트로폴'과 '르동종' 카페.
몽생테냥 캠퍼스로 이전한 후 폐쇄된 보부아진 거
리의 문과대학 외관은 1960년대 모습 그대로였다.
철망으로 감싼 홍보 게시판도 똑같았다. 다만 건물
정면에 있던 시계는 멈췄다. 에르부빌 거리의 작
은 대학 기숙사와 그 옆의 학생식당도 그대로였다.
입구를 넘어서 계단 몇 개를 오르면 홀이 나왔는데,
역시 변함이 없었다. 중앙에 라디에이터가 있고, 같

은 위치에 문들이 있었다. 한참 동안 무슨 꿈인지도 모른 채 그 시간 속에서 살아가는 느낌이었다.

얼음장 같은 방바닥에 깔린 매트리스에서 나눈 사랑, 테이블 한쪽에 차린 소꿉장난 같은 식사와 쉽게 받아들인 청춘의 소란은 내게 무언가 반복된다는 느낌을 주었다. 철저하게 내게 일어난 일들 속에서 지냈던 열여덟, 스물다섯 살 시절과는 다르게, 과거도 미래도 없이 루앙에서 A와 함께, 이미 벌어진 장면과 행동들을 다시 연기하는 느낌이었다. 내 젊은 시절이라는 연극을. 혹은 정성스럽게 일화들을 만들며 소설을 쓰는 느낌, 혹은 그 소설을 체험하는 느낌이었다. 카부르의 그랑호텔에서 보냈던 주말과 나폴리 여행 같은 일화. 가령 1963년 한 남자와 처음으로 떠났고, 1990년에는 젊은 이탈리아인과 함께했던 베니스에서의 탈주 같은 일화는 이미 글로 썼던 일이다. 위셰트에서 상연한 〈대머리 여가수〉 연극에 그를 데려가는 것조차 십대 초반이 된 내 아들들에게 각각 실행했던 입문의 반복이었다.

우리 관계는 상호 이익의 관점에서 고려할 수 있었다. 그는 내게 쾌락을 주었고, 다시 살아나리라 상상조차 하지 못했던 것을 다시 살아나게 해주었다. 내가 그의 여행 경비를 대고, 내게 시간을 덜 낼까봐 일을 찾지 말라고 했던 것은 그 거래의 규칙들을 정하는 이가 나인 만큼 더욱 공정한 계약이자 좋은 거래처럼 여겨졌다. 나는 지배적인 위치에 있었고, 지배의 무기들을 사용했다. 그럼에도 나는 사랑하는 이와의 관계에서 그 무기가 허술하다는 것을 알고 있었다.

그의 경제적 의존 탓인지 아니면 그의 어린 나이 때문인지 나는 때때로 돌발적으로 반응했다. '꺼져 버려!' 이처럼 그의 기분을 상하게 할 저속한 명령 문을 썼다. 그전에는 누구에게도 이렇게 말하지 않았다.

내가 그의 삶을 바꿀 수 있는 여자라고 생각하는 것이 좋았다.

하나의 관점 ― 문학, 연극, 부르주아의 예법 ― 을 더해주었다는 점에서 나는 그의 안내자였지만, 그 가 나를 살아가게 해주었다는 것 또한 입문의 경험 이었다. 이 이야기를 계속 하고 싶었던 주된 이유 는 어떤 식으로든 이 이야기는 이미 일어난 일이

며, 나는 그 이야기속 허구의 주인공이었기 때문
이다.

처음으로 이런 상황에 놓인 이 젊은 남자에게, 이
상황 자체가 일종의 잔혹함일 수 있다고 나는 자
각했다. 나와 함께하는 그의 미래의 계획들에 대해
나는 늘 이렇게 대답했다. '지금이면 충분해.' 내게
현재는 과거를 복제한 것일 뿐이라는 말은 절대 하
지 않으면서. 그러나 그가 질투에 휩싸일 때마다
비난했던 이 같은 이중성은 그의 상상과는 달리 그
가 아닌 다른 이들에게 내가 품었을지 모를 욕망에
자리 잡지 않았다. 심지어 그가 확신했듯 내 연인
들에 대한 기억 속에도 없었다. 이 이중성은 내 삶
에서 그의 존재와 따로 생각할 수 없었다. 그는 내
삶을 텍스트를 지우고 그 자리에 새로운 텍스트를
쓸 수 있는, 끊임없이 계속되는 이상한 양피지로

바꾸어놓았다.

내 집에서 그는 다른 남자들이 입던 모자 달린 실
내 가운을 걸쳤다. 그가 그 옷을 입었을 때, 다른
남자들 중 그 누구도 떠오르지 않았다. 옅은 회색
가운 앞에서 나는 단지 나만이 경험한 시간의 달콤
함과 내 욕망의 정체가 주는 감미로움을 느꼈다.

그가 언젠가 결혼해 아이의 아빠가 될 시절에 대한
이야기를 나누기도 했었다. 포옹하며 둘 다 눈물을
흘리긴 했지만 서로의 눈을 보며 그려본 이 미래는
전혀 슬프지 않았다. 우리는 과거처럼 현재를 살았
기에, 미래는 현재의 순간을 훨씬 더 강렬하고 비
통하게 만들었다. 우리는 더할 나위 없는 쾌락을
맛보며 각자의 상실을 상상하며 공감했다.

내 육체는 이제 나이를 잃었다. 레스토랑에서 근처에 앉은 손님들의 무례하게 질책하는 시선을 느낄 때만 나는 비로소 나이를 깨달았다. 내게 일말의 수치심도 불러일으키지 못한 그 시선은 '아들뻘' 남자와의 관계를 숨기지 않겠다는 결심을 공고히 다져주었다. 쉰 살 먹은 남자가 분명 자기 딸이 아닌 여자와 아무런 지탄도 받지 않으면서 공공연하게 모습을 드러낼 수 있는 마당에. 어쨌든 나는 중년 커플을 바라보면서, 내가 스물다섯의 젊은 남자와 있는 이유는 내 또래 남자의 주름진 얼굴, 나 자신의 늙은 얼굴을 내내 앞에 두고 싶지 않기 때문이라는 것을 알았다. A의 얼굴 앞에서는 내 얼굴도 그처럼 젊었다. 남자들은 이 사실을 언제나 알고 있었고, 나는 내가 그렇게 해서는 안 되는 이유를 알 수 없었다.

때로 나는 내 또래 여자들에게서 그의 시선을 끌고 싶어하는 욕구를 눈치챘다. 이 여자들은 단순한 논리를 따른다고 생각했다. '저 여자가 마음에 든다면, 나이 많은 여자를 더 좋아한단 얘긴데, 왜 난 아니지?' 저들은 성의 시장의 법칙이라는 현실에서 자신들의 위치를 알았고, 자신과 비슷한 부류의 여자가 그 시장의 법칙을 위반했으리라 생각하며 희망과 대담함을 얻었다. 나와 있는 남자의 욕망을 사로잡고 싶다는 태도 — 거의 대부분 은밀하게 — 가 아무리 성가시다 해도, 젊은 여자들이 그보다 더 나이 많은 여자가 옆에 있다는 사실은 마치 하찮은 장애물, 한술 더 떠서 아예 존재하지 않는 장애물이라는 듯 대놓고 내 앞에서 그를 유혹하는 뻔뻔함만큼 거슬리지는 않았다. 좀 더 생각해보니 나이 많은 여자는 어쨌든 젊은 여자보다 훨씬 위험했다. 그 증거로 그는 나 때문에 스무 살 여자를 떠나지 않았나.

우리는 젊은 남자와 나이 든 여자의 관계를 다룬 영화들을 보러 갔다. 그리고 우리가 살아가는 모습을 찾을 수 없었던 시나리오 때문에 실망하고 화가 나서 극장을 나왔다. 그 영화에서 여자는 끝내 버려지고 파괴되고 마는, 애원하는 사람이었다. 나는 또한 내가 다시 읽었던 콜레트의 소설 『셰리*』의 주인공 레아도 아니었다. 나는 섹스와 시간, 기억이 뒤엉킨 이 관계를 말로 설명할 수 없었다. 순식간에 나는 A를 일종의 폭로하는 천사, 파졸리니의

---

* 콜레트의 대표작 『셰리』는 1920년에 발표된 소설로 쉰 살 귀족 부인 레아가 '셰리'라 불리는 젊은 남자와 사랑에 빠지는 이야기인데, 이 젊은 남자는 귀족 부인과의 관계에 아무런 회한이 없음을 확인하기 위해 젊은 여자와 결혼한다.

『테오레마*』에 나오는 젊은 남자로 간주했다.

사회 규범을 위반하는 상황에서라면 언제나 그렇듯, 우리는 곧바로 우리와 비슷한 커플들을 알아보았다. 그들과 우리는 공모의 시선을 주고받았다. 우리에게는 비슷한 사람들이 필요했다. 그것 말고는 우리가 사회의 시선 속에서 이 이야기를 살아가고 있음을, 그 이야기를 내가 관습을 바꾸기 위한 도전처럼 받아들였다는 사실을 잊는 것이 불가능했다.

해변에서 그의 옆에 누워 있던 나는 주변 사람들

** 『테오레마』는 1968년 피에르 파올로 파졸리니가 발표한 소설이며, 같은 해 작가가 연출한 영화로도 만들어졌다. 두 아이와 하녀까지 다섯 가족이 사는 부르주아 가정에 한 젊은 남자가 찾아와 가족 모두와 은밀한 관계를 만들고 홀연히 사라지는 이야기이다.

이 우리를, 특히 나를 몰래 훔쳐보고 있다는 것을 알았다. 그들은 내 몸을 꼼꼼하게 살펴보고 측정했다. 저 여자는 대체 몇 살일까? 만일 우리가 모래밭에 따로 누워 있었다면 사람들은 우리 한 명 한 명에게 무관심했을 것이다. 눈에 띄는 커플을 앞에 두자 시선들은 뻔뻔해졌고, 경악에 가까워졌다. 마치 자연을 거스르는 조합을, 혹은 미스터리를 앞에 둔 것처럼. 그들은 우리가 아니라, 어렴풋하게 근친상간을 보고 있었다.

어느 일요일, 페캉에서 바다 근처 방파제를 따라 우리는 손을 잡고 걸었다. 해변을 따라 시멘트로 만든 가장자리에 앉아 있는 모든 이의 시선이 처음부터 끝까지 우리를 따라다녔다. A는 우리가 동성 커플보다 더 받아들이기 힘든 모양이라고 지적했다. 나는 어느 여름의 또 다른 일요일을 떠올렸다.

열여덟 살이던 나는 아주 꽉 끼는 원피스를 입어서 모든 사람의 시선을 느끼며 부모님과 함께 이 산책로를 걸어갔다. 부인용 거들을 입지 않았다며, 그 거들 때문에 어머니가 화를 내며 "옷 좀 잘 입어"라고 꾸짖었다. 나는 한 번 더 똑같이 물의를 빚은 여자아이가 된 것 같았다. 하지만 이번에 나는 일말의 수치심도 없이 승리감을 맛보았다.

늘 그렇게 의기양양했던 것은 아니다. 어느 오후 캄파리를 마시던 카프리의 작은 광장에서 그는 피부의 젊은 여자들이 쉴 새 없이 움직이는 모습을 보면서, 그에게 생각 없이 물었다. "젊은 여자에게 끌리지 않아?" 그가 놀라는 기색을 보인 후 웃음을 터트렸을 때, 나는 내가 큰 실수를 저질렀음을 깨달았다. 그것은 나의 이해심과 아량을 드러내기 위한 질문이었을 뿐, 그의 욕망의 진위를 알고 싶은 것이 아니었다. 나는 한 시간 전에 그 증거를 획득했었다. 그런데 그 질문은 내가 이제 젊지 않다는 것을 강조할 뿐만 아니라, 내가 그를 지칭했던 젊음이라는 범주에서 그를 배제시켰다. 마치 나와 함께 있는 것이 그를 젊음의 범주에서 멀리 떨어지게 하듯.

내 기억은 나에게 어렵잖게 과거의 이미지들을 되살려주었다. 전쟁, 릴본의 발레에 들어온 미국 탱크들, 군모를 쓴 드골 장군의 포스터, 1968년 5월 혁명. 그러나 내 곁에 있는 이의 가장 오래된 기억은 지스카르데스탱이 당선된 대선이 고작이었다. 그 옆에서 나의 기억은 끝이 없어 보였다. 우리를 갈라놓았던 이 시간의 두께는 너무나 감미로워서

현재의 시간을 더 강렬하게 해주었다. 그가 태어나기 전의 시간에 대한 이 긴 기억은, 결국에는 내가 죽은 후 나는 결코 알 수 없을 사건들과 정치적인 인물들이 새겨진 그의 기억이 될 것과 짝을 이룰 것이며, 뒤집힌 이미지가 될지도. 하지만 나는 이런 생각을 해본 적이 없었다. 어쨌든 존재 그 자체만으로도, 그는 나의 죽음이었다. 내 아들들이 나의 죽음이었던 것처럼, 그리고 내가 내 어머니의 죽음이었던 것처럼. 소련의 최후를 목도하지 못하고 돌아가신 어머니는 1918년 11월 11일 온 나라에 울려 퍼지던 종소리*는 기억했다.

---

* 연합국과 독일 제국이 휴전 협정에 서명하며 제1차 대전이 종전된 순간.

그는 나와 아이를 갖고 싶어했다. 이 욕망은 나를
혼란스럽게 했고, 육체적으로 아주 건강한 상태와
더는 아이를 가질 수 없다는 사실이 몹시 공정하지
않은 것처럼 생각하게 만들었다. 이제는 과학의 힘
으로 폐경 이후에도 다른 여성의 난모 세포를 써
서 그 욕망을 실현할 수 있다는 사실에 나는 경탄
했다. 하지만 산부인과 의사가 내게 제안했던 이런
차원의 시도를 해보고 싶은 마음은 전혀 없었다.
그저 새로운 출산에 대한 상상만을 즐겼다. 스물여
덟 살 때 둘째를 낳은 이후로 나는 절대 아이를 더
낳고 싶지 않았다. 그는 어쩌면 자신의 욕망들을
헷갈렸을 것이다. 어느 여름, 키오자에서 베니스로
돌아갈 수상 택시를 기다리며 그가 말했다. "나는
당신의 안으로 들어가 그곳에 있다가 나오고 싶어
요. 당신과 꼭 닮기 위해."

그는 허약하고 곱슬머리를 한 자신의 어릴 적 사진과 긴 머리에 인상을 쓴 청소년기 사진들을 보여주었다. 내 어린 시절과 청소년 시절의 사진을 그에게 보여주는 것에는 아무 거리낌을 느끼지 못했다. 그와 나 모두에게 먼 과거였으니. 나는 더 무리해서 스무 살, 스물다섯 살의 사진들을 꺼냈다. 허영에 들뜬 가장 예쁜 사진을 골랐는데, 바로 그 사진이 더 초췌해지고 더 경직된 지금의 내 얼굴과 비교하며 더 잔인하게 만들 수 있음을 너무나 잘 알고 있었다. 그가 보고 있는 것은 다른 젊은 여자였다. 현실 속 여성에게서 찾고 있는 그 여성의 실체는 매번 그를 빠져나갈 것이다. 얼굴에 주름 하나 없고, 긴 갈색 머리를 양 갈래로 늘어뜨린 이 젊은 여자, 그는 결코 만날 수 없을 이 젊은 여자가 그에게 불러일으킨 욕망은 출구가 없었다. 은연중에 내보인 그의 반응이 그 욕망을 암묵적으로 표현한 것처럼. "이 사진이 나를 슬프게 하네요."

언젠가 마드리드의 식당에서 함께 점심을 먹고 있는데, 낸시 홀러웨이의 〈나를 떠나지 마(Don't make me over)〉가 들려왔다. 루앙의 여자 기숙사가 떠올랐다. 1963년 11월, 오드로벡 거리와 생마르크 광장에서 임신중절 수술을 해줄 의사를 곤혹스럽게 찾고 있는 내 모습이 떠올랐다. 케네디가 암살된 지 얼마 지나지 않아서였다. 나는 내 앞에서 감자튀김을 먹고 있는 A를 바라보았다. 그는 내가 임신했던 시기의 대학생 연인보다 겨우좀 더 나이가 들었다. 낸시 홀러웨이의 노래가 유행하던 시절, 그 대학생 연인은 본의 아니게 이 노래를 내 기억 속에 아로새겼다. 당시의 내 상태였

던 미친 사랑과 완전한 고독의 의미를 그 노래에 부여하면서. 내가 그 노래를 다른 어떤 남자와 듣는다 해도, 그 노래는 그저 그 의미만을 가질 것이라고 생각했다. 만약 한참 후에, 이 노래를 한 번 더 다시 듣게 된다면, 나는 내 앞에 있던 A와 함께한 푸에르타델솔 광장의 식당도 떠올릴 것이다. 이 순간은 단지 지독한 추억의 틀이라는 점에서만 그 가치를 확인할 수 있을 것이다. 그저 두 번째 기억이 될 것이다.

나는 점점 더 반복한다는 느낌을 제외한 무엇도 느끼지 못하면서 이미지와 경험, 세월을 쌓아갈 수 있으리라 생각했다. 나는 영원한 동시에 죽어 있는 느낌을 받았다. 내가 자주 꾸는 꿈 속에서 어머니가 그랬던 것처럼. 그 꿈에서 깨면 나는 잠시 어머니가 실제로 이러한 이중의 형태로 살아 있다는 확신이 든다.

이러한 감각은 하나의 신호였다. 내 인생에서 시간을 열어주는 그의 역할이 끝났다는 신호. 그의 인생에서 안내자로서의 나의 역할도 분명 끝났다는. 그는 루앙을 떠나 파리로 갔다.

나는 오랜 시간 회피해왔던 불법 임신중절에 대한 이야기를 쓰기 시작했다. 그가 태어나기도 전에 일어났던 이 사건에 대한 글쓰기를 진척시킬수록, 나는 점점 더 어찌할 수 없을 만큼 A를 떠나보내야겠다는 생각이 들었다. 30년도 더 전에 내가 태아에게 그랬던 것처럼, 그를 떼어내고 몰아내고 싶어했다는 듯. 나는 꾸준히 글을 썼고, 거리두기라는 단호한 전략으로 이별을 위해 노력했다. 몇 주 차이로 책이 끝남과 동시에 우리는 헤어졌다.

20세기 마지막 가을이었다. 나는 세 번째 밀레니엄 속으로 홀로 자유롭게 들어갈 수 있어 행복한 나를 발견했다.

1998 - 2000

2022

LE
JEUNE
HOMME

Annie
Ernaux

Si je ne les écris pas, les choses ne sont pas allées jusqu'à leur terme, elles ont été seulement vécues.

Il y a cinq ans, j'ai passé une nuit malhabile avec un étudiant qui m'écrivait depuis un an et avait voulu me rencontrer.

Souvent j'ai fait l'amour pour m'obliger à écrire. Je voulais trouver dans la fatigue, la déréliction qui suit, des raisons de ne plus rien attendre de la vie. J'espérais que la fin de l'attente la plus violente qui soit, celle de jouir, me fasse éprouver la certitude qu'il n'y avait pas de jouissance supérieure à celle de l'écriture d'un livre. C'est peut-être ce désir de déclencher l'écriture du livre — que j'hésitais à entreprendre à cause de son ampleur — qui m'avait poussée à emmener A. chez moi boire un verre après un dîner au restaurant où, de timidité, il était resté quasiment muet. Il avait presque trente ans de moins que moi.

Nous nous sommes revus aux week-ends, entre lesquels nous nous manquions de plus en plus. Il m'appelait tous les jours d'une cabine téléphonique, pour ne pas éveiller les soupçons de la fille avec qui il vivait. Elle et lui, pris dans les habitudes d'une cohabitation précoce et les soucis des examens, n'avaient jamais imaginé que faire l'amour puisse être autre chose que la satisfaction plus ou moins ralentie d'un désir. Être une sorte de création continue. La ferveur qu'il manifestait devant cette nouveauté me liait de plus en plus à lui. Progressivement, l'aventure était devenue une histoire que nous avions envie de mener jusqu'au bout, sans bien savoir ce que cela signifiait.

Quand, à ma satisfaction et mon soulagement, il s'est séparé de son amie et qu'elle a quitté l'appartement, j'ai pris l'habitude d'aller chez lui du vendredi soir au lundi matin. Il habitait Rouen, la ville où j'avais été moi-même étudiante dans les années soixante et que je n'avais fait que traverser, pendant des années, pour me rendre sur la tombe de mes parents, à Y. Dès mon arrivée, abandonnant dans la cuisine, sans les déballer, les provisions que j'avais apportées, nous faisions l'amour. Un laser était déjà glissé dans la chaîne, mis en route aussitôt que nous entrions dans la chambre, le plus souvent les Doors. À un moment je cessais d'entendre la musique.

Les accords fortement plaqués de *She Lives in the Love Street* et la voix de Jim Morrison m'atteignaient de nouveau. Nous restions couchés sur le matelas posé à même le sol. Le trafic était intense à cette heure-là. Les phares projetaient des lueurs sur les murs de la chambre, à travers les hautes fenêtres sans voilages. Il me semblait que je ne m'étais jamais levée d'un lit, le même depuis mes dix-huit ans, mais dans des lieux différents, avec des hommes différents et indiscernables les uns des autres.

Son appartement donnait sur l'Hôtel-Dieu, désaffecté depuis un an et en travaux destinés à en faire le siège de la préfecture. Le soir, les fenêtres de l'édifice étaient illuminées et le restaient souvent toute la nuit. La grande cour carrée, par-devant, était une étendue d'ombre claire et vide derrière les grilles fermées. Je regardais les toits noirs, la coupole d'une église émergeant au fond. En dehors des gardiens, il n'y avait plus personne. C'est dans ce lieu, cet hôpital que, étudiante, j'avais été transportée une nuit de janvier à cause d'une hémorragie due à un avortement clandestin. Je ne savais plus dans quelle aile était située la chambre que j'avais occupée pendant six jours. Il y avait dans cette coïncidence surprenante, quasi inouïe, le signe d'une rencontre mystérieuse et d'une histoire qu'il fallait vivre.

Les dimanches après-midi où il bruinait, nous restions sous la couette, finissant par nous endormir ou somnoler. De la rue silencieuse s'élevaient les voix de rares passants, souvent des étrangers d'un foyer d'accueil voisin. Je me re-sentais alors à Y., enfant, quand je lisais près de ma mère endormie de fatigue, tout habillée sur son lit, le dimanche après manger, le commerce fermé. Je n'avais plus d'âge et je dérivais d'un temps à un autre dans une semi-conscience.

Je retrouvais chez lui l'inconfort et l'installation sommaire que j'avais connus moi-même, au début de ma vie en couple avec mon mari quand nous étions étudiants. Sur les plaques électriques, dont le thermostat ne fonctionnait plus, on ne pouvait cuire que des biftecks menaçant d'attacher aussitôt au fond de la poêle et des pâtes ou du riz dans d'incontrôlables débordements d'eau. Le vieux frigo inréglable congelait la salade dans le bac à légumes. Il fallait enfiler trois pulls pour supporter le froid humide des pièces, hautes de plafond, aux fenêtres disjointes, impossibles à chauffer avec des radiateurs électriques ruineux.

Il m'emmenait au Bureau, au Big Ben, des cafés fréquentés par les jeunes. Il m'invitait au Jumbo. Sa radio préférée était Europe 2. Tous les soirs il regardait *Nulle part ailleurs*. Dans les rues, les gens qu'il saluait étaient toujours des jeunes, souvent des étudiants. Quand il s'arrêtait pour leur parler, je me tenais à l'écart, ils me regardaient furtivement. Après, il me racontait le parcours universitaire de celui que nous avions croisé, détaillant ses réussites ou ses échecs. Quelquefois, de loin, avec discrétion, en me demandant de ne pas me retourner, il me signalait un prof de sa fac de lettres. Il m'arrachait à ma génération mais je n'étais pas dans la sienne.

Sa jalousie extrême — il m'accusait d'avoir reçu un homme chez moi parce que la lunette des toilettes était relevée — rendait inutile de douter de sa passion pour moi et absurde ce reproche que je soupçonnais ses copains de lui avoir lancé, *comment peux-tu sortir avec une femme ménopausée?*

Il me vouait une ferveur dont, à cinquante-quatre ans, je n'avais jamais été l'objet de la part d'un amant.

Soumis à la précarité et à l'indigence des étudiants pauvres — ses parents endettés vivaient en proche banlieue parisienne sur un salaire de secrétaire et un contrat emploi solidarité — il n'achetait que les produits les moins chers ou en promotion, de la Vache qui rit en portions et du camembert à cinq francs. Il allait jusqu'à Monoprix acheter sa baguette de pain parce qu'elle coûtait cinquante centimes moins cher qu'à la boulangerie voisine. Il avait spontanément les gestes et les réflexes dictés par un manque d'argent continuel et hérité. Une forme de débrouillardise permettant de s'en sortir au quotidien. Rafler, dans l'hypermarché, une poignée d'échantillons de fromage dans l'assiette tendue par la démonstratrice. À Paris, pour pisser sans payer, entrer avec détermination dans un café, repérer les toilettes et ressortir ensuite

avec désinvolture. Regarder l'heure aux parc-
mètres (il n'avait pas de montre), etc. Il jouait au
Loto sportif chaque semaine, attendant, comme
il est naturel au cœur de la nécessité, tout du
hasard : « Je gagnerai un jour, c'est forcé. » En
fin de matinée, le dimanche, il regardait *Téléfoot*
avec Thierry Roland. Le moment juste où le
footballeur marque un but et où toute la foule
du Parc des Princes se lève, l'acclame, était pour
lui l'image du bonheur absolu. Cette pensée lui
donnait même des frissons.

Il disait « stop » ou « c'est bon » à la place de
« merci » quand je le servais à table. Il m'appe-
lait « la meuf », « la reum ». Il s'amusait de mes
hauts cris poussés en apprenant qu'il avait fumé
du shit. Il n'avait jamais voté, n'était pas inscrit
sur les listes électorales. Il ne pensait pas qu'on
puisse changer quoi que ce soit à la société, il lui
suffisait de se glisser dans ses rouages et d'esqui-

ver le travail en profitant des droits qu'elle accordait. C'était un jeune d'aujourd'hui, convaincu de « chacun sa merde ». Le travail n'avait pour lui pas d'autre signification que celle d'une contrainte à laquelle il ne voulait pas se soumettre si d'autres façons de vivre étaient possibles. Avoir un métier avait été la condition de ma liberté, le demeurait par rapport à l'incertitude du succès de mes livres, même si je convenais que la vie étudiante m'avait paru plus riche et plaisante.

Il y a trente ans, je me serais détournée de lui. Je ne voulais pas alors retrouver dans un garçon les signes de mon origine populaire, tout ce que je trouvais « plouc » et que je savais avoir été en moi. Qu'il lui arrive de s'essuyer la bouche avec un morceau de pain ou qu'il pose le doigt sur son verre pour que je ne lui verse pas davantage de vin m'était indifférent. Que je m'aperçoive de ces signes — et peut-être, plus subtilement encore, que j'y sois indifférente — était une preuve que je n'étais plus dans le même monde que lui. Avec mon mari, autrefois, je me sentais une fille du peuple, avec lui j'étais une bourge.

Il était le porteur de la mémoire de mon premier monde. Agiter le sucre dans sa tasse de café pour qu'il fonde plus vite, couper ses spaghettis, détailler une pomme en petits morceaux piqués ensuite au bout du couteau, autant de gestes oubliés que je retrouvais en lui, de façon troublante. J'avais de nouveau dix, quinze ans, et j'étais à table avec ma famille, mes cousins, dont il avait la peau blanche, les pommettes rouges des Normands. Il était le passé incorporé.

Avec lui je parcourais tous les âges de la vie, ma vie.

Je l'emmenais dans les lieux que j'avais fréquentés durant mes années d'étudiante. Les cafés Le Métropole et Le Donjon, près de la gare. La faculté des Lettres, rue Beauvoisine, désaffectée depuis son transfert sur le campus de Mont-Saint-Aignan, restée à l'extérieur dans l'état qui était le sien dans les années soixante, avec son tableau d'affichage protégé par une grille — seule l'horloge sur la façade était arrêtée. La petite cité universitaire de la rue d'Herbouville et à côté le restau U où, après en avoir franchi l'entrée, monté les quelques marches et nous être trouvés dans le hall, inchangé, avec le radiateur au milieu et les portes à la même place, il m'avait semblé, pendant de longues minutes, me mouvoir dans le temps sans nom du rêve.

L'amour sur le matelas par terre dans la chambre glaciale, la dînette sur un coin de table et le chahutage juvénile auquel je m'étais pliée facilement me donnaient un sentiment de répétition. À la différence du temps de mes dix-huit, vingt-cinq ans, où j'étais complètement dans ce qui m'arrivait, sans passé ni avenir, à Rouen, avec A., j'avais l'impression de rejouer des scènes et des gestes qui avaient déjà eu lieu, la pièce de ma jeunesse. Ou encore celle d'écrire / vivre un roman dont je construisais avec soin les épisodes. Celui d'un week-end au Grand Hôtel de Cabourg, d'un voyage à Naples. Certains avaient été écrits déjà, telle l'escapade à Venise, où j'étais allée pour la première fois avec un homme en 1963, où j'y avais retrouvé en 1990 un jeune Italien. Même l'emmener à une représentation de *La Cantatrice chauve* à la Huchette était le redoublement d'une initiation pratiquée avec chacun de mes fils, à leur entrée dans l'adolescence.

Notre relation pouvait s'envisager sous l'angle du profit. Il me donnait du plaisir et il me faisait revivre ce que je n'aurais jamais imaginé revivre. Que je lui offre des voyages, que je lui évite de chercher un travail qui l'aurait rendu moins disponible pour moi, me semblait un marché équitable, un bon deal, d'autant plus que c'est moi qui en fixais les règles. J'étais en position dominante et j'utilisais les armes d'une domination dont, toutefois, je connaissais la fragilité dans une relation amoureuse.

Je m'autorisais des reparties brutales dont je ne sais si elles étaient liées à sa dépendance économique ou à son jeune âge. *Lâche-moi la grappe*, cette injonction vulgaire qui l'offusquait, je ne l'avais jamais adressée à personne avant lui.

J'aimais me penser comme celle qui pouvait

changer sa vie.

À plus d'un égard — de la littérature, du théâtre, des usages bourgeois — j'étais son initiatrice mais ce qu'il me faisait vivre était aussi une expérience initiatique. La principale raison que j'avais de vouloir continuer cette histoire, c'est que celle-ci, d'une certaine manière, avait déjà eu lieu, que j'en étais le personnage de fiction.

J'avais conscience qu'envers ce jeune homme, qui était dans la première fois des choses, cela impliquait une forme de cruauté. Invariablement, à ses projets d'avenir avec moi, je répondais : « le présent suffit », ne disant jamais que le présent n'était pour moi qu'un passé dupliqué. Mais la duplicité, dont il avait l'habitude de m'accuser dans ses accès de jalousie, ne se situait pas, contrairement à ce qu'il imaginait, dans les désirs que j'aurais pu avoir pour d'autres que lui, ni même, comme il en était persuadé, dans le souvenir de mes amants. Elle était inhérente à sa présence à lui dans ma vie, qu'il avait transformée en un étrange et continuel palimpseste.

Chez moi, il endossait le peignoir à capuche qui avait enveloppé d'autres hommes. Lorsqu'il le portait, je ne revoyais jamais l'un ou l'autre d'entre eux. Devant le tissu-éponge gris clair j'éprouvais seulement la douceur de ma propre durée et de l'identité de mon désir.

Il nous arrivait de parler du temps où il serait marié, père d'un enfant. Ce futur que nous évoquions les yeux dans les yeux, en nous étreignant, tous les deux au bord des larmes, n'était nullement triste. Il rendait le moment présent d'autant plus intense et poignant que nous le vivions comme du passé. Nous communions imaginairement dans notre perte réciproque avec un plaisir extrême.

Mon corps n'avait plus d'âge. Il fallait le regard lourdement réprobateur de clients à côté de nous dans un restaurant pour me le signifier. Regard qui, bien loin de me donner de la honte, renforçait ma détermination à ne pas cacher ma liaison avec un homme « qui aurait pu être mon fils » quand n'importe quel type de cinquante ans pouvait s'afficher avec celle qui n'était visiblement pas sa fille sans susciter aucune réprobation. Mais je savais, en regardant ce couple de gens mûrs, que si j'étais avec un jeune homme de vingt-cinq ans, c'était pour ne pas avoir devant moi, continuellement, le visage marqué d'un homme de mon âge, celui de mon propre vieillissement. Devant celui d'A., le mien était également jeune. Les hommes savaient cela depuis toujours, je ne voyais pas au nom de quoi je me le serais interdit.

Parfois je remarquais chez certaines femmes de mon âge l'envie d'accrocher son regard, selon, pensais-je, une logique simple : si elle lui plaît, il préfère les femmes mûres, pourquoi pas moi? Elles connaissaient leur place dans la réalité du marché sexuel, que celui-ci soit transgressé par une de leurs semblables leur donnait de l'espoir et de l'audace. Pour agaçante que soit cette attitude de vouloir capter — discrètement le plus souvent — le désir de mon compagnon, elle ne me gênait pas autant que l'aplomb avec lequel des filles jeunes le draguaient ouvertement devant moi, comme si la présence à ses côtés d'une femme plus vieille que lui était un obstacle négligeable, voire inexistant. À bien réfléchir, la femme mûre était pourtant plus dangereuse que la jeune — la preuve, il en avait quitté une de vingt ans pour moi.

Nous allions voir les films dont le sujet était une liaison entre un garçon jeune et une femme mûre. Nous en sortions déçus, énervés par un scénario dans lequel nous ne retrouvions pas ce que nous vivions, où la femme était une implorante qui finissait larguée et détruite. Je n'étais pas non plus la Léa de *Chéri,* le roman de Colette, que j'avais relu. Ce que je ressentais dans cette relation était d'une nature indicible, où s'entremêlaient le sexe, le temps et la mémoire. Fugitivement, je considérais A. comme le jeune homme pasolinien de *Théorème*, une sorte d'ange révélateur.

Comme dans toutes les situations qui contreviennent aux normes de la société, nous repérions immédiatement les couples semblables au nôtre. Entre eux et nous s'échangeaient des regards de connivence. Nous avions besoin de ressemblance. Il était impossible, au-dehors, d'oublier que nous vivions cette histoire sous le regard de la société, ce que j'assumais comme un défi pour changer les conventions.

Sur la plage, étendue près de lui, je savais que nos voisins nous observaient à la dérobée, moi surtout, qu'ils passaient mon corps au crible, mesuraient son degré d'avancement, quel âge peut-elle avoir ? Couchés séparément sur le sable, l'un et l'autre nous n'aurions reçu qu'une attention indifférente. Devant le couple que nous formions visiblement, les regards se faisaient impudents, frôlaient la sidération, comme devant un assemblage contre nature. Ou un mystère. Ce n'était pas nous qu'ils voyaient, c'était, confusément, l'inceste.

Un dimanche, à Fécamp, sur la jetée près de

la mer, nous marchions en nous tenant par la main. D'un bout à l'autre nous avons été suivis par tous les yeux des gens assis sur la bordure de béton longeant la plage. A. m'a fait remarquer que nous étions plus inacceptables qu'un couple homosexuel. Je me suis souvenue d'un autre dimanche d'été où, entre mes parents, à dix-huit ans, j'avançais sur cette même promenade, accompagnée de tous les regards à cause de ma robe très moulante, ce qui m'avait valu le reproche irrité de ma mère de ne pas avoir mis de gaine, laquelle, disait-elle, « habille mieux ». Il me semblait être à nouveau la même fille scandaleuse. Mais, cette fois, sans la moindre honte, avec un sentiment de victoire.

Je n'étais pas toujours aussi glorieuse. Un après-midi à Capri, devant le spectacle des filles jeunes et bronzées vibrionnant sur la piazzetta où nous buvions des Campari, je lui avais lancé : « La jeunesse te tente ? » Son air surpris puis son éclat de rire m'avaient fait comprendre ma bourde. C'était une question pour manifester ma compréhension et ma largeur d'esprit, nullement pour connaître la vérité de son désir, dont je venais d'avoir la preuve une heure avant. Or, non seulement elle soulignait que, jeune, je ne l'étais plus, mais elle l'excluait de cette catégorie que je lui désignais, comme si d'être avec moi l'en avait détaché.

Ma mémoire me redonnait aisément des images de la guerre, des tanks américains dans la Vallée, à Lillebonne, des affiches du général de Gaulle sous son képi, des manifs de mai 1968, et j'étais avec quelqu'un dont les plus lointains souvenirs remontaient à grand-peine à l'élection de Giscard d'Estaing. Auprès de lui, ma mémoire me paraissait infinie. Cette épaisseur de temps qui nous séparait avait une grande douceur, elle donnait plus d'intensité au présent. Que cette longue mémoire du temps d'avant sa naissance à lui soit en somme le pendant, l'image inversée, de celle qui serait la sienne après ma mort, avec les événements, les personnages politiques, que je n'aurai jamais connus, cette pensée ne m'effleurait pas. De toute façon, par son existence même, il *était* ma mort. Comme l'étaient aussi mes fils et que je l'avais été pour ma mère, disparue avant d'avoir vu la fin de l'Union soviétique mais qui se rappelait la sonnerie des cloches dans tout le pays, le 11 novembre 1918.

Il voulait un enfant de moi. Ce désir me troublait et me faisait ressentir comme une injustice profonde d'être en pleine forme physique et de ne plus pouvoir concevoir. Je m'émerveillais que, grâce à la science, il puisse être désormais réalisé après la ménopause, avec l'ovocyte d'une autre femme. Mais je n'avais nulle envie d'entreprendre la démarche en ce sens que mon gynécologue m'avait proposée. Je jouais simplement avec l'idée d'une nouvelle maternité dont, après la naissance de mon deuxième enfant, à vingt-huit ans, je n'avais plus jamais voulu. Lui, peut-être confondait-il ses désirs. Un été, à Chioggia, quand nous attendions le vaporetto pour retourner à Venise, il a dit : « Je voudrais être à l'intérieur de toi et sortir de toi pour te ressembler. »

Il m'avait montré des photos de lui enfant, frêle et bouclé, d'adolescent renfrogné sous des cheveux longs. Je n'avais aucune gêne à lui montrer les miennes de petite fille et d'adolescente. Pour l'un et l'autre, c'était loin. Je m'étais davantage forcée pour ressortir des photos de mes vingt, vingt-cinq ans, choisissant la plus jolie par vanité, tout en sachant que ce serait justement celle-là qui rendait plus cruelle la comparaison avec mon visage d'aujourd'hui, plus émacié et plus dur. C'était une autre fille qu'il voyait, dont la réalité, cherchée dans la femme actuelle, lui échapperait toujours. Le désir que lui inspirait cette fille au visage sans rides, aux cheveux en long rideau brun, cette fille qu'il ne verrait jamais, ce désir-là était sans issue. Comme l'avait traduit implicitement sa réaction spontanée, « cette photo-là, elle me fait de la tristesse ».

Un jour, dans une brasserie de Madrid où nous étions en train de déjeuner, il y a eu la chanson de Nancy Holloway, *Don't Make Me Over*. J'ai revu la cité universitaire des filles, à Rouen, ma recherche déboussolée, rue Eau-de-Robec et place Saint-Marc, de la plaque d'un médecin qui voudrait bien m'avorter, en novembre 1963. Kennedy venait d'être assassiné. Je regardais A. manger des frites en face de moi. Il était à peine plus vieux que l'amant étudiant dont j'avais été enceinte et qui, à son insu, avait imprimé dans ma mémoire cette chanson alors en vogue de Nancy Holloway, lui donnant un sens d'amour fou et de déréliction, mon état d'alors. J'ai pensé que, quel que soit l'homme avec qui je l'entendrais, elle n'aurait jamais que ce sens. Si, plus tard, la réentendant une fois de plus, je me rappelais aussi la brasserie de la Puerta del Sol avec A. en face de moi, ce moment ne tirerait sa valeur que d'avoir été le cadre d'un souvenir violent. Ce serait juste un souvenir second.

De plus en plus, il me semblait que je pourrais entasser des images, des expériences, des années, sans plus rien ressentir d'autre que la répétition elle-même. J'avais l'impression d'être éternelle et morte à la fois, comme l'est ma mère dans ce rêve que je fais souvent et au réveil je suis sûre pendant quelques instants qu'elle vit réellement sous cette double forme.

Cette sensation était un signe, celui que son rôle d'ouvreur du temps dans ma vie était fini. Le mien, d'initiatrice dans la sienne, sans doute aussi. Il a quitté Rouen pour Paris.

J'ai entrepris le récit de cet avortement clandestin autour duquel je tournais depuis longtemps. Plus j'avançais dans l'écriture de cet événement qui avait eu lieu avant même qu'il soit né, plus je me sentais irrésistiblement poussée à quitter A. Comme si je voulais le décrocher et l'expulser comme je l'avais fait de l'embryon plus

de trente ans auparavant. Je travaillais continû-
ment à mon récit et, par une stratégie résolue de
distanciation, à la rupture. À quelques semaines
près, celle-ci a coïncidé avec la fin du livre.

On était en automne, le dernier du vingtième
siècle. Je me découvrais heureuse d'entrer seule
et libre dans le troisième millénaire.

1998 - 2000

2022

© Annie Ernaux

qu'on a tenu qu'à moi que cette solution ne poursuive +

mais su désir ---

Tout son rôle dans ma vie était fini = celui de
"passeur du temps" ? → ???? cette sensation sans dans
de + trop etc — les deux mondes — d'abord, il était en
train de refaire le vieux, il ne voulait plus être l'autre —

c'était plus qu'un rôle d'usure ? etc —   ["perdre dans le ???"

ne pouvait se dire si même pour lui — un/la vivre "?

aussi "quelles" doses ou ta résonance — (???
distance, du cart —

et s'achève avec Rouen, logiquement —

(l'instruction, aussi, est finie)

a été le passeur du temps — (c'est à ???
revivre le temps passé, ne pouvant accéder
à la saisie du réel d'un aleph, plusieurs
leurs à la fois) —

아니 에르노의 『젊은 남자 *Le jeune homme*(2022)』가 프랑스에서 출간된다는 소식을 듣고 가장 먼저 든 감정은 무한한 반가움이었다. 여든한 살에 접어든 작가의 신작을 또다시 만나볼 수 있다니! 그런데 '여성의 수치심'에 대한 작품을 집필 중이라는 이전 인터뷰 기사와는 달리, 50대에 만난 30살 연하의 '젊은 남자'와의 이야기를 담고 있다고 했다. 무엇이 작가를 이 시기에 이 이야기를 쓰도록 이끈 것일까? 자신의 고통스러운 경험을 시간이 흐른 후 마침내 써낸 『사건*L'événement*(2000)』이나 『여자아이 기억*Mémoire de fille*(2016)』처럼, 이 이야기 역시 작가 에게는 같은 동력으로 쓰인 글이었을까.

출간 직후 가진 작가의 인터뷰에서 그 해답을 찾을 수 있었다. 레른느(L'herne) 출판사에서는 1960년 대부터 프랑스의 주요 작가나 사상가를 선정해 그 작가의 미공개 원고부터 일기, 서신을 싣고 연구 자들의 짧은 논문 혹은 동료 작가들의 글 등을 한 권의 책에 모은 〈레른느 노트〉라는 총서를 만들어 왔다. 출판사는 2013년부터 아니 에르노에게 『레 른느 아니 에르노 노트』를 만들자고 제안해왔지 만, 작가는 이런 종류의 책을 내는 일이 작품 활동 을 정리하는 느낌이 든다며 고사한 바 있다. 그러 던 중 마침내 『레른느 아니 에르노 노트』를 출간하

기로 결심하고 미공개 원고들을 찾아 읽었다고 한
다. 이 과정에서 미완성으로 남겨져 있던 『젊은 남
자』 원고를 발견하고, 작가로서 이 원고를 끝내는
것이 의미 있는 일이라 생각해서 마무리하게 되었
다고 밝힌다. 책의 마지막에 1998-2000, 2022이
나란히 적힌 것도 이 같은 이유다. (한국어판 『젊은
남자』에 수록된 연보도 『레른느 아니 에르노 노트』
에 작가가 직접 작성해 넣은 연보를 우리말로 옮긴
것이다.)

중단했던 원고를 이십여 년 만에 마무리하게 한
『젊은 남자』는 작가에게 어떤 의미가 있을까? 프
랑스 출판사는 '시간과 글쓰기의 관계에서 볼 때,
『젊은 남자』는 아니 에르노 작품 전체를 읽기 위한
키포인트가 된다'고 소개글을 썼다. 그렇다면 우리
는 『여자아이 기억』 이후 6년의 기다림을 깬 이 신

작을 어떻게 읽어야 할까.

　프랑스 독자들은 (물론 한국 독자들도 그럴 테지만) 이 짧은 텍스트가 한 권의 책으로 출간된 사실에 가장 먼저 놀라움을 표했다. 마치 이야기가 시작될 것 같은 지점에서 끝을 맺고 있다는 서평도 눈에 띈다. 그러나 텍스트를 읽는 동안 그 아쉬움은 사라진다. 우선 『젊은 남자』는 30여 년 전 작가 자신의 불법 임신중절 수술 경험을 다룬 『사건』을 쓸 수 있도록 이끈 '사건'을 다룬 텍스트로 이해할 수 있으며, 『세월 Les années (2008)』에서 몇 페이지에 걸쳐 언급한 이야기의 확장판이기도 하다. 무엇보다도 기억과 시간, 사랑과 글쓰기에 대한 아니 에르노 문학의 핵심이 고스란히 담겨 있다. 텍스트가 짧은 만큼 그 밀도 또한 대단히 높다.

서른 살 차이가 나는 남자와의 관계에 관한 이야기

이기에 『단순한 열정*Passion simple*(1992)』 혹은 『집착 *L'occupation*(2002)』과 같은 집요한 열정을 기대한 독자도 있을 것이다. 하지만 『젊은 남자』는 사랑의 열정만을 이야기하지 않는다. 아니, 작가의 표현처럼 이 책에 열정은 없다.

"『젊은 남자』에서는 모든 단어가 중요합니다. 저는 그와의 관계가 의미하는 것을 이해하기 위해서 열정의 범주에 있을 수 있는 모든 것을 배제했습니다. 사실 열정은 없습니다. 쉽게 느낄 수 있지요. 매우 정치적이며 페미니즘적인 이 책이 피할 수 없는 이야기임을 알게 될 것입니다."*

'책을 쓰기 시작하고 싶은 욕망'에 이끌려 관계를 맺은 '젊은 남자'는 '믿을 수 없을 정도로 놀라운

---

* 아니 에르노 인터뷰, 『렉스프레스』 2022년 4월 22일.

우연'을 만들어낸다. 이제 그는 '첫 번째 세계의 기억 전달자'이자, '뒤섞인 과거'가 된다. '그와 함께 나는 삶의 모든 나이를, 내 삶을 두루 돌아다녔다.' 하지만 그와 보낸 시간은 죽음을 연상시키는 반복에 불과했다. 그것도 그가 태어나기도 전에 일어났던 일들의 반복.

이 책을 옮기며 출간 당시의 서평과 언론 인터뷰들을 찾아 읽는 동안 한 가지 놀라운 사실을 발견했다. 이 작품 속의 '젊은 남자'는 작가에 대해 관심을 가진 독자라면 누구라고 특정할 수 있는 인물이지만, 그에 대한 언급이 전혀 없다는 것이다. 불과 몇십 페이지 남짓한 책을 비싼 값으로 판매한다며 부정적인 기사를 쓴 기자도 '젊은 남자'의 정체는 언급하지 않는다. 만일 국내 작가가 이처럼 사적인 경험을 책으로 출간했다면, 물론 국내 정서를 고려할 때 쉽지 않은 일일 테지만, 그 대상이 되는 인물에 대한 집중적인 추궁이 이어졌을 것이다. 아니 에르노는 자신의 삶을 작품의 소재로 삼아온 작가이고, 그러니 당연하게도 (어쩔 수 없이) 자신의 이야기를 하기 위해 자신과 관계를 맺었던 사람들을 이니셜로 명명하며 글을 써왔다. 이에 대해 작가의 윤리 문제를 지적하는 사람들도 있을 것이다. 도대체 작가가 무슨 권리로 타인의 사생활을 폭로할 수 있는가? 물론 아니 에르노도 이 문제에 대해 쉽게 생각하지 않았다. 『남자의 자리 *La place*(1984)』 이후로 작품 속에 글을 쓰는 이유와 새로운 글쓰기 형식에 대해 모색하는 과정을 기록해온 아니 에르노는 이미 『단순한 열정』에서부터 자신이 타인과 맺은 관계에 대해 써도 되는지를 치열하게 고민했다.

나는 그 사람에 대한 책도, 심지어 나에 대한 책도

쓰지 않았다. 나는 그의 존재가, 오로지 그의 존재를 통해, 내게 전해진 것을 글로 표현했다. 일종의 되돌려준 증여품처럼(Une sorte de don reversé).[*]

자신과 관계 맺은 이들과 함께한 시간이 전해준 것들을 일종의 '증여품'이라고 할 때, 아니 에르노에게 글쓰기는 받은 것을 '되돌려주는' 행위가 되고, 그렇게 완성된 책은 독자에게 또 다른 '증여품'이 된다. 각각 아버지와 어머니의 삶을 그린 『남자의 자리』와 『한 여자』가 대표적인 예이고, 『단순한 열정』과 『젊은 남자』도 이러한 맥락에서 이해할 수 있다. 자기가 태어나기 전에 죽은 언니에게 보낸 편지 형식의 글 『다른 딸*L'autre fille*(2011)』도 같은 범주에 속한다. 아니 에르노는 자신이 받은 증여품을 되돌려주는 데 그치지 않고, 자기 자신, 자신의 경

---

[*] 『단순한 열정』, 최정수 옮김, 문학동네, p66, (번역을 수정함).

험과 트라우마, 욕망, 상처까지 글쓰기를 통해 독
자에게 '증여'한다.

　허구적인 구성을 철저하게 외면해온 작가의
글쓰기 방식도 이 민감한 사항에 대해 독자의 이
해를 구한다. 작가는 비교적 최근작인 『여자아이 기
억』에서 자신과 런던에서 소소한 도둑질을 하던 친
구 R 이야기를 하며, '그녀에 대해 폭로할 권리가
있는가'라는 질문을 던지고 스스로 이렇게 답한다.

　그녀에 대해 이야기를 하는 것은 나에 대해 쓰는
　것과 관련이 있다. 이게 허구의 이야기와 완전히
　다른 점이다.[*]

우리가 아니 에르노를 읽는 이유는 작품 속 인물
을 하찮은 가십거리로 만드는 것이 아니라, 작가

---

[*] 『여자아이 기억』, 백수린 옮김, 레모, 197쪽.

의 사적인 경험에서 출발한 독특한 글쓰기를 통해 우리의 삶을 돌아보는 데 있다. 더군다나 작가에게 이 '젊은 남자'는 마르셀 프루스트의 '마들렌'처럼 기억의 전달자이니, 우리 역시 텍스트 안에서의 '젊은 남자'가 맡은 역할을 이야기하는 것이 독자로서 품위를 지키는 일이 아닐까 생각해본다.

노벨상 수상 이후 가진 인터뷰에서 어떤 책을 가장 독자에게 권하고 싶냐는 질문에 아니 에르노는 읽는 사람의 나이와 성별, 상황에 따라 추천이 달라진다고 대답했다. 자신의 삶에서 일어난 사건들을 작품의 소재로 사용해온 만큼, 당연한 답변일 것이다. 하지만 이제 다행스럽게도 우리는 아니 에르노의 작품을 처음 접하는 독자에게 『젊은 남자』를 권해도 좋을 것 같다. 아니 에르노가 '젊은 남자'의 안내자 역할을 했듯, 그리고 그 역시 작가에게 어떤 면에서 그런 역할을 했듯, 아니 에르노 작품 세계를 막 탐구하려는 이들에게 『젊은 남자』가 좋은 안내자 역할을 해주리라 믿는다.

노벨문학상 수상 직후 첫 소감으로 "막중한 책임감을 느낀다"라고 말했던 아니 에르노의 책을 번역하고 소개하는 일은 작가의 말과는 또 다른 무게의 책임감을 느끼게 했다. 짧은 분량인 만큼 최대한 오역을 피하기 위해 번역에 더 많은 주의를 기울였다. 저작권사의 허락을 얻어 프랑스어 원문 전체를 수록하기로 했기에, 옮긴이로서는 더욱 긴장하며 번역할 수밖에 없었다. 그런 과정에서 이 책을 함께 읽은 '번역가와 프랑스어 원서 읽기' 모임의 멤버들과 번역가 이슬아 선생님의 많은 도움을 받았다. 그분들이 아니었다면, 작가의 말처럼 "모든 단어가 중요한" 이 밀도 높은 텍스트를 충실히

옮기기 어려웠을 것이다. 이 책은 좀 더 특별하게 만들어야 한다며 아낌없는 조언을 해주신 플랫폼 P의 여러 선생님들께도 더불어 감사의 인사를 전한다.

작가 연보 | 아니 에르노

1940년 9월 1일. 프랑스 릴본(Lillebonne)에서 아니 뒤셴느(Annie Duchesne) 출생. 그의 부모인 블랑쉬 뒤메닐(Blanche Duménil)과 알퐁스 뒤셴느(Alphonse Duchesne)는 밧줄 공장들이 있던 발레(Vallée) 지역 외곽에서 카페 겸 식료품점을 운영했다. 양가 모두 농사꾼의 후손이었고, 여자들은 집에서 직조를 했다.

1942년. 선천성 고관절 탈구 증세를 발견. 6개월간 깁스를 한 채로 움직이지 못함.

1945년 8월. 파상풍으로 목숨이 위태로웠지만 치료됨. **같은 해 10월.** 부모는 발레의 상점을 팔고 그들의 고향인 이브토(Yvetot)로 돌아간다. 도시 중심가는 완전히 파괴됨. 부모는 기차역과 양로원이 있는 클로데파르 구역에 시골풍의 카페 겸 식료품점을 연다.

1946년 4월. 자르댕 거리의 생미셸 기숙학교 입학. 고등학교 2학년까지 그 학교를 다녔다.

같은 해 여름. 이브토의 외가 친척 모두와 함께 기차 여행. 페캉의 바다를 처음 방문.

1948년 여름. 어머니와 함께 외삼촌 집이 있는 소테빌쉬르메르에 머무름.

1949년 여름. 이번에는 아버지와 함께 소테빌쉬르메르에 짧게 체류.

1950년 5월. 견진성사. 마당에서 자전거를 타다 넘어져서 팔이 부러짐.

같은 해 8월. 부모가 자신에게 숨겨왔으며 그들이 죽을 때까지 입을 열지 않았던 사실을 우연히 알게 됨. 자신이 태어나기 전에 부모에게는 여섯 살에 디프테리아로 숨진 지네트(Ginette)라는 딸이 있었다는 사실.

1951년 5월. 성당을 재건축 중이어서, 예전에 극장으로 사용된 소교구 부속 예배당에서 첫 영성체.

1952년 6월. 부모의 난폭한 다툼. 아버지가 어머니를 죽이겠다고 위협했고, 이 사건은 어린 시절의 끝을 알림.

같은 해 8월. 노르망디 지역을 처음으로 벗어나 관광버스를 타고 런던 여행.

같은 해 10월. 중학교 입학.

1953-1956년. 뛰어난 학업성적 유지. 고등학교 입학.

1958년 6월. 대입자격시험인 바칼로레아 1차 합격. 수학-라틴어 계열.

같은 해 8월 14일-9월 27일. 오른 지방의 여름방학 캠프에서 지도교사로 일함. 『여자아이 기억Mémoire de fille』에서 묘사된 폭력적인 첫 번째 성경험.

같은 해 10월. 루앙의 잔다르크 고등학교 철학반 입학. 수녀들이 운영하는 에른몽의 여성 기숙사에 입소.

1959년 4월. 시몬 드 보부아르를 알게 되고 『제2의 성』 읽음.

같은 해 6월. 바칼로레아 2차 합격. 철학 계열.

같은 해 7월-8월. 캉 인근과 루앙 지역의 여름방학 캠프 지도교사로 일함.

같은 해 9월. 바칼로레아 학위 취득자들을 대상으로 한 루앙의 여성 사범대학 입학시험에 합격. 기숙사 입소. 진로를 잘못 선택했음을 깨달음.

1960년 2월. 사범대학 자퇴.
같은 해 3월 - 10월 초. 런던 인근 주택가인 핀츨리(Finchley)에 오페어* 자격으로 체류. 글쓰기 시작.
영국에서 돌아와 당시 보부아진 거리에 있던 루앙 문과대학 교양 과정 등록.

1961년 - 1963년. 짧은 소설 집필. 현대문학 학사 취득. 쇠유 출판사에서 원고 거절.

1963년 7월. 보르도에서 정치사회학과 학생인 필리프 에르노(Philippe Ernaux) 만남. 루앙에서 〈초현실주의에서 여성과 사랑〉이라는 주제로 석사논문 준비. 사회심리학 수업 수강.

---

* 오페어(Au pair)는 가정에서 육아를 돕는 대가로 숙식과 급여를 받고 어학연수를 하며 외국에 체류할 수 있는 프로그램이다.

1964년 1월. 파리에서 불법 임신중절 수술.

같은 해 6월 27일. 루앙에서 필리프 에르노와 결혼. 보르도 인근의 코데랑에 정착. 문과대학의 현대문학 교수자격 시험반 등록.

같은 해 12월 25일. 첫째 에릭 출생.

1965년 2월. 카미유쥘리앙 여자 고등학교에서 교생실습.

같은 해 6월. 교수자격시험 불합격. 코데랑을 떠나 남편 필리프 에르노가 일자리를 구하기를 기다리기 위해 이브토로 돌아옴. 필리프 에르노가 안시 시장 보좌관으로 임명되어 가족 모두 안시로 이동. 그르노블의 교수자격시험 반 등록. 통학 거리가 먼 데다 아이를 돌보느라 수업에 거의 참석하지 못함.

1966년 5월. 교수자격시험 실패. 현대문학 중등교원자격 필기시험 합격.

같은 해 10월. 안시에서 견습교사로 근무하는 리옹까지 통근 시작.

1967년 4월 25일. 중등교원자격 실기시험 합격.

같은 해 6월 25일. 아버지 사망.

같은 해 9월. 아르브 계곡에 있는 본느빌 고등학교 교사로 임명.

1968년 5월. 둘째 다비드 출생.

1969-1971년. 안시에 있는 에비르 중학교 교사로 임명. 원거리 교수자격시험 준비 및 합격. 마리보(Marivaux)를 주제로 한 박사학위 논문 준비. 어머니가 상점을 팔고 안시의 딸의 집에 머물며 손자들을 돌봄.

1972-1973년. 아무도 모르게 『빈 옷장*Les armoires vides*』 집필. 박사논문 포기.

1974년 4월. 『빈 옷장』을 갈리마르 출판사에서 출간.

1975년. 필리프 에르노가 행정직으로 임명되어 파리 근교의 신도시 세르지퐁투아즈(Cergy-Pontoise)로 이주. 퐁투아즈의 루브래 중학교에서 교사로 근무. 이주 초기 6개월간 어머니는 이브토로 돌아감.

1977년. 『그들의 말 혹은 침묵*Ce qu'ils disent ou rien*』 출간(갈

리마르 출판사).

선천성 고관절 탈구 증세로 통신대학 고등교육 교수로 임명. 은퇴까지 그 학교에서 교수로 재직.

1981년. 『얼어붙은 여자*La femme gelée*』 출간(갈리마르 출판사).

1982년. 필리프 에르노와 이혼. 『남자의 자리*La place*』 집필.

1983년 9월. 알츠하이머에 걸린 어머니를 돌보기 시작.

1984년 1월. 『남자의 자리』 출간(갈리마르 출판사).
같은 해 2월. 어머니 퐁투아즈 병원에 입원. 오랜 기간 입원.
같은 해 11월. 『남자의 자리』 르노도상 수상.

1986년 4월 7일. 어머니 사망.

1987년. 불가리아와 이집트 초청 방문.

1988년 1월. 『한 여자*Une femme*』 출간(갈리마르 출판사).
같은 해 3월. 퀘벡 방문.

같은 해 9월. 작가들과 함께한 소비에트연방 방문 중 파리에서 복무 중인 소련인을 만남. 『단순한 열정*Passion simple*』에 묘사된 관계 시작.

1989년. 독일과 헝가리, 폴란드, 체코 등 동유럽 국가 순회 강연.

1990년. 첫 번째 미국 여행.

1992년. 『단순한 열정』 출간(갈리마르 출판사).

1993년. 『외면 일기*Journal du dehors*』 출간(갈리마르 출판사). 이집트와 일본 초청 방문.

1994-1996년. 영국, 한국, 튀니지, 미국에서 강연.

1997년 1월. 『부끄러움*La honte*』과 『나는 나의 밤을 떠나지 않는다*Je ne suis pas sortie de ma nuit*』 출간(갈리마르 출판사). 나폴리, 프라하, 베오그라드, 퀘벡 여행.

1998-2000년. 루마니아, 러시아 초청 방문. 『사건

L'événement』, 『표면의 삶*La vie extérieure*』 출간(갈리마르 출판사).

2001년 1월. 『탐닉*Se perdre*』 출간(갈리마르 출판사).

2002-2003년. 유방암 발병. 아라스 대학에서 작가의 작품에 대한 첫 번째 국제학술대회 개최. 프레데리크 이브 자네(Frédéric-Yves Jeannet)와의 대담집 『칼 같은 글쓰기*Écriture comme un couteau*』 출간(스톡 출판사).

2005년. 마크 마리(Marc Marie)와 협업한 『사진의 용도*L'usage de la photo*』 출간(갈리마르 출판사).

2008년. 2월에 출간(갈리마르 출판사)한 『세월*Les années*』 마르그리트 뒤라스 상, 프랑수아 모리아크 상, 프랑스어 상 수상.

2011년. 『다른 딸*L'autre fille*』(닐-라퐁트 출판사), 『아틀리에 누아르*L'atelier noir*』(뷔스크라 출판사) 출간. 저서 대부분을 모아 갈리마르 출판사 콰르토(Quarto) 총서로 출간.

2012년 7월. 세리지라살(Cerisy-la-Salle)에서 작가의 작품

에 대한 학술대회 개최.

2013년. 『이브토로 돌아가다*Retour à Yvetot*』 출간(모콩뒤 출판사).

2014년. 『빛을 바라봐, 내 사랑*Regarde les lumières mon amour*』 출간(쇠유 출판사 〈삶을 이야기하다〉 시리즈).
미셸 포르트(Michelle Porte)와의 대담집 『진정한 장소*Le vrai lieu*』 출간(갈리마르 출판사).
세르지 퐁투아즈 대학에서 명예 박사학위 취득.

2016년. 『여자아이 기억』 출간(갈리마르 출판사). 이탈리아에서 『세월』이 스트레가 유러피언(Strega européen) 상 수상.

2017년. 작가의 작품 전체에 대해 마르그리트 유르스나르 상 수상.

2018년 이탈리아에서 『세월』로 프레미오 헤밍웨이 문학상(Premio Hemingway) 수상.
넷째 손자 트리스탕 탄생. (2003년 첫 손녀 루이즈, 2011년

노엘, 2013년 블랑쉬 태어남.)

2019년. 『세월』 영문판이 맨부커 국제문학상 후보작으로 선정.
『한 여자』의 이탈리아어판이 그레거 본 레조리(Gregor Von Rezzori) 상 수상.
작가의 작품 전체에 대해 국제 포멘터 상(Prix Formentor) 수상.
베를린 아카데미 상 수상.

2020년. 세르지에서 격리생활(코로나19 전염병 유행).
프랑스 대통령에게 보내는 공개 서한 라디오 방송에서 낭독(차후 갈리마르 출판사에서 출간한 『코로나 전염병 팸플릿 모음 *Tracts de Crise*』에 수록됨. "대통령님, 우리는 더 이상 당신이 우리의 삶을 훔치게 두지 않겠습니다…")

2021년. 모나코의 피에르 왕자 재단 상 수상.
영국 왕립문학협회가 뽑은 국제작가(Royal intenational Writer)로 선출.

2022년. 『아틀리에 누아르』 증보판 출간(갈리마르 출판사).

『젊은 남자*Le jeune homme*』 출간(갈리마르 출판사).
독일에서 뷔르트(Wurth) 유럽 문학상 수상. 노벨문학상
수상.

Biobibliography: © Annie Ernaux. Originally published in *Cahier Annie Ernaux*, Editions de l'Herne, 2022.

사랑은 사실 세 사람이 하는 것 아닐까. 당신과 나. 그리고 이 둘을 지켜보는 또 다른 나. 아니 에르노는 이 응시에 관한 대가다. 그의 책들을 읽어나갈수록 사랑에 숨겨진 진짜 주인공이 바로 응시임을 기억하게 된다. 그는 자신이 어떻게 보여질지 안다. 세계가 어떤 시선을 반복적으로 건네는지 안다. 그런 세계를 향해 아니 에르노가 돌려주는 것은 자신의 시선이다. 무엇을 응시해왔는지 세계가 알아차리게 만든다.

아니 에르노로부터 시선의 권위를 배운다. 세월의 흐름과 함께 무뎌진다고 착각하기 쉬운 온갖 욕망을 사치스럽게 다루는 법도 배운다. 유감스럽게도 쾌락과 고독은 함께 간다. 쾌락이 두 개면 고독도 두 개가 된다. 그러므로 쾌락은 마음이 아픈 일이다. 그러나 어떤 작가들은 쾌락 속에 지식이 있음을 안다. 그들은 끝까지 가보고 싶은 이야기를 알아보고 기꺼이 그것을 겪기로 한다.

자신보다 서른 살 가까이 어린 남자, 세대도 지역도 계급도 다른 이 타인과 함께 자기 삶의 모든 나이를 두루 체험하며 돌아다니는 이 여자에게 어떻게 마음을 빼앗기지 않을 수 있을지 나는 모르겠다. 첫 페이지부터 빨려들어가며 읽다가 마지막 문장은 너무 좋아서 한숨을 쉬었다. 어쩌면 무엇이든 쓸 수 있을지 모른다. 아니 에르노처럼, 다음 장을 향해 홀로 자유롭게 들어갈 수 있어서 행복한 자신을 발견하기만 한다면.

이슬아

(작가, 헤엄 출판사 대표)

옮긴이 윤석헌

한국외국어대학교 불어과를 졸업하고 동 대학원에서 불문학 석사 학위를 받았으며, 파리8대학에서 조르주 페렉 연구로 박사과정을 수료했다. 옮긴 책으로는 호르헤 셈프룬의 『잘 가거라, 찬란한 빛이여…』, 크리스텔 다보스의 『거울로 드나드는 여자』, 아니 에르노의 『사건』, 델핀 드 비강의 『충실한 마음』과 『고마운 마음』, 조르주 페렉의 『나는 태어났다』 등이 있다.

젊은 남자

초판 1쇄 발행   2023년 2월 27일
초판 3쇄 발행   2023년 4월 4일

지은이   아니 에르노
옮긴이   윤석헌
펴낸이   윤석헌
편집   이승희
제작처   세걸음
펴낸곳   레모
출판등록   2017년 7월 19일 제 2017-000151 호
주소   서울시 서초구 서초대로 33길 99, 201호
전자우편   editions.lesmots@gmail.com
인스타그램   @ed_lesmots

ISBN   979-11-91861-19-8 03860